U0057559

AQUARIUS

AQUARIUS

AQUARIUS

AQUARIUS

每個人心中都有一座島嶼，
藉文字呼息而靜謐，
Island，我們心靈的岸。

羅毓嘉
嬰兒
宇宙

〈推薦〉

Love Is Four-Letter Word

陳芳明（政治大學台灣文學研究所所長）

嬰兒初生，宇宙垂老；嬰兒純潔，宇宙蕪雜。啼聲初試的嬰兒挾帶龐沛的淚水與音量，那是面對陌生宇宙時必須鼓起的勇氣。羅毓嘉帶著他的第一冊詩集登場時，就像一個嬰兒降生在複雜的宇宙，音色十足，頗具信心。詩集命名為《嬰兒宇宙》，顯然有其微言大義。嬰兒至小，宇宙至大，暗示一個無邊的空間可供追逐。意義可能又不止於此，如果這個宇宙屬於嬰兒，一切事物都必然是新生，則詩人便擁有權利重新定義他所賴以生存的世界。

這是一冊情詩集，懷有嬰兒心靈的詩人，決心要為自己的情感設計命名，他以雄辯的愛要與這沈重無比的世界改寫契約。至少不再揹負傳統包袱，不再逃避社會歧視；他以熱情，以勇氣，以過人的信心，簽下一份和而不同，或同而不和，或又和又同的全新契約。他的詩要讓世間知道，愛情襲來時，不是接受，便是付出，無需耗神抗拒。

動人的嬰兒心靈，容納在誠實的語言裡；以一種愛你入骨的表達方式，毫不遮掩內心的激情、熱戀、歡愛。異性戀世界不能接受的敗德之愛、頽廢之情，在嬰兒宇宙裡都得到容許。嬰兒族裔裡的詩人，從來不想與這個社會吵嘴。在他自主的生命中，建立一個互不侵犯的法則與邏輯。在那裡，並不存在任何不道德的規範；不敢愛或恐懼愛，才是真正的不道德。

詩人並非沒有抗議或憤懣，面對被剝奪的歷史發言權，他儲存足夠的語言與想像，糾正歷史上遺留下來的傲慢與偏見。〈恐怖時代〉這首詩是罕見佳構，他藉金字塔的隱喻，指控傳統成見堆砌得極其宏偉，在金碧輝煌的謊言裡，有多少人遭到貶謫，有多少人受到驅趕：

　　蕈狀的花開了許多許多次，
　被鞭笞許久的人，找不到曾隸屬的村莊。

半座金字塔高的蔭影，覆蓋我們，我們睡在谷底。
算盡千萬日光，
只為築起那碩偉、龐大、別人的夢。

別人的夢看來是那樣碩大無明，被鞭笞的族裔則又是何種下場？
我們拿血管編成花環，給裸體畫上斑紋，
任黏菌攀上我們的眼睛
假裝自己穿著不存在的襯衣款式，
好像演一場舊式的戲劇。

在我們與別人之間，是一道寬闊河流，完全不容涉渡。被隔離的族裔，失去歷史認同、國族認同、性別認同的權利。他們可能需要偽裝成仿冒，但是，所有的保護色都只停留於表面。相對於金字塔「蕈狀的花」，我們這個族裔只能「拿血管編成花環」，只能在「裸體畫上斑紋」。強迫自我去認同別人，不如重認自己之「同一」。環繞在生命中的國族、性別、歷史，都是層纍造成的霸權論述，其中富饒著特定的沙文主義與文化偏見。所謂傳統，無非就是把不同價值觀念者視為異端的一種脾性。

異中求同，是多麼困難的一種文化；同中存異，是更加困難的一種挑戰。詩人反覆求索的，只能選擇同中存同與同中求同。寬闊宇宙能夠接納族裔的空間是何等容仄。在二十歲那年，詩人寫下如此悲傷的詩行：

> 我像一隻鹿望著
> 草食豐美的水畔漸遠漸小漸遠……——〈二十自述〉

他與他的族裔被驅趕遠離廣邈的草原，嘗盡離群索居的落寞滋味。二十歲的少年，一夜之間被迫成熟，看透人間的虛假險惡，唯一能夠信守的，只有他的族裔：

> 我們在早晨共飲一杯牛奶
> 同洗一條內褲，分辨污漬裡相異的路徑……——〈分裂〉

高度的象徵手法，精確點出詩人生活的痛苦與歡樂。〈分裂〉這首詩的副題是：「寫給另一個自己，我所親愛」，暗示了詩中既是一個人，也是兩個人。分裂可能是分裂，也可能是結合；既是鏡像，也是幻像；既是現實，又是想像。詩中的思維、情緒、哀樂，充滿各種可能的辯證。在正、反、合的演出中，始於一人，終於兩人。其中暗藏無數的自我，也襯托出無數他者。那種無盡的延伸，是複數的辯證之愛：

我們背對背，浸坐在汗濕的浴盆裡
伸指摸索彼此的皮膚
脊梁，和肌理
回顧體表共同的皺褶
洞見疤痕鋪排隱然的章法……——〈分裂〉

這一幅圖像，是一個人，或兩個人？如果是一個人坐在鏡前，姿勢自然是背對背。如果是兩個人背對背坐在一起，不也像極鏡中映照？詩行中的「回顧」與「洞見」，高度富於性的暗示；說得很少，卻已道盡一切。詩中相當哲學地如此提問：

我們，我是說我們
能否同時是兩個人
到底是誰在追趕誰的人生？……——〈分裂〉

多麼令人困惑而又苦惱的自我告白。在另一首詩裡，詩人再度提出自虐式的問題：

我不是一個男孩，
但也不是一個男人

您可曾在鏡中尋找過自己陌生的背影？……——〈阿姆斯特丹〉

詩中出現「您」的尊稱，顯然是輩分較高。我汲汲追求的，是鏡中的自我嗎？那位年紀較大的男人，一生也這樣追求過，現在則輪到年輕的「男孩」或「男人」從事同樣的追求。

族裔裡的愛情，有時過於接近色情，卻不淪於淫穢，反而滲出一種哀傷與一種歡愉：

若我肢離你時你是寂靜的，雨後的樹木皆綠著。
認清尋常給你胳肢發笑的胎記，
握著你的手指，細數骨節並模擬各種折屈，
我喜歡在更近更近處，再聽你彈支小曲。……——〈肢離你〉

這是抒情的頌歌，又是告別的輓歌。肉體的結合與分離，意味著靈魂的再生與死亡。肢離當然是交歡的結束，正是在這樣的時刻，喜悅與悲涼辯證地交互出現。詩行中的文字，是一種極其私密地互認。在生生死死、又生又死的時刻，愛情是僅有的見證。

羅毓嘉是一位充滿信心的詩人。對於自己的性別取向，以及自己的風格方向，他有果斷的抉擇。語言上，不時可以看到前輩詩人的影子；早期如瘂弦，近期如羅智成，都以不同的語法在詩行中出現。二十餘歲的年輕寫手，仍然還在尋找屬於自己的句型。但是，這種現象全然不令人擔心。他的創作慾甚熾，生產力極強，總有一天必能開闢出羅氏詩藝。

詩集中極具企圖心的力作〈不和諧音喉唱：一部和聲〉，似乎也難擺脫商禽〈用腳思想〉的影響，卻也無妨。這首長詩，以上下雙欄的形式同時進行，自然寓有鏡像演出的意味。無論是象徵與句法，完全不遜於商禽。這是值得期待的詩人，正在上升，還在上升，不斷上升。詩集中可能負載過多性愛的意涵，那種寫法，正好彰顯他勇於嘗試，也敢於實踐。愛情的交歡，即使是胡言亂語，即使是充滿髒話，無疑都是洗滌的過程。Love is four-letter word.（愛即髒話），旨哉斯言。何況這冊詩集寫得如此聖潔，經過每首詩的施洗，靈魂都獲得淨化。嬰兒的宇宙，宇宙的嬰兒，隨著詩集的誕生，被貶謫的族裔在詩行之間都將得到淨身救贖。

——2010.6.30 San Jose

註：〈恐怖時代〉發表於《臺灣詩學：吹鼓吹詩論壇詩季刊》十一期；〈二十自述〉為十二屆臺大文學獎得獎作品，兩首詩未收錄於此詩集。

目錄

輯2 意識的邊境

輯3 嬰兒宇宙

輯4 今日的居所

輯1　天堂的樓梯

城市，噴水池與夏日，都已成為儀式的部分

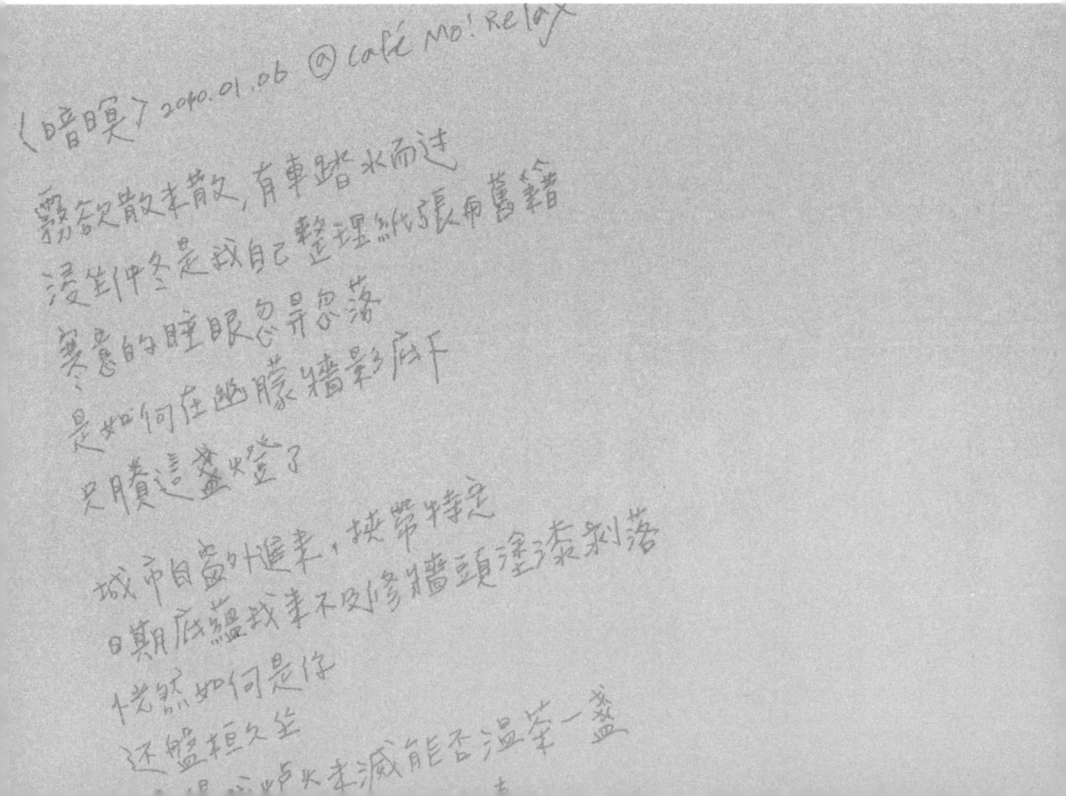
〈暗暝〉2010.01.06 @ Café Mo! Relax

霧欲散未散，有車踏水而過
漫步仲冬是我自己整理紙張和舊籍
寒意的睡眼忽昇忽落
是如何在幽朦牆影底下
只賸這盞燈了

城市自窗外進來，挾帶特定
日期底蘊我來不及修牆頭塗漆剝落
恍然如何是停
還盤桓久坐

許願書

願天堂有風，願晨露還帶慾念的香
願盛裝晏起，願山嵐流轉其他話語
願讚美陌生少年的馬術打原野經過
願短髭
落在美夢正酣的窗前

願你活著，哪怕蜉蝣曇花看不見時間
願同樹洞的蟲蟻交換影子
事情本來會發生
或者沒有發生
願我沒有問起最重要的問題
還慶幸山頂有雲，山上有林

願風起，不願雨停
願林裡有獸就在隔年春天降生
願倖存
然牠哀愁地走過湖畔
是否低頭飲水

願野火喚醒沉蟄休止多時的蟲
願在無語井底相互取暖且摩擦
願發笑，願吆喝
此後我們共飲乳汁並與鷹隼同行於地面
要無毒的蛇類褪去疲憊，飛散我們髮茨
願沉默
願痊癒
願音樂終於會翻動你身體
想你多年是否還睡得慣習

願沉湎暴雨
願攀折木屑嫩枝，扎扎腳心

願鐵道直直開往星空
願天堂也有芒草垛子砌在茅屋不遠的地方
願糖是甘甜，願相信一個苦澀的吻之清白

放你離去如白駒過隙
我漸漸地看不見了……
願我不再寫詩也能如動物般活著
願找到些閉闔的眼皮，以及過失
濫用動詞造句

暗暝

霧欲散未散，有車踏水而過
浸坐仲冬我自己整理紙張與書籍
寒意的睡眠忽昇忽落
是如何在幽朦牆影底下
只賸這燈了

城市自窗外進來，挾帶特定
日期底蘊我來不及修補牆頭塗漆剝落
恍然如何是你

還盤桓久坐
提醒我爐火未滅，能否溫茶一盞
暖暖沸沸彷彿那年春天
花朵繁盛卻先於枝枒。霧
欲散未散

廊外的方向煙塵流轉
過夜茶湯與情節一同澀黃，我終於
放手讓冊頁佚散
擲地有聲是裝線與歎息
一年過去
燈蛾之所以為燈蛾，如同
問候仍是相同的問候
是夜反覆多次，霧將散未散

行路難

關於另一座城市的敘事
我已不需要了
仍將帶著給你鎖上的珠寶盒到達那裡
向雜貨店詢問昨日的天氣
是否傾向陰雨，是否
有湖岸清朗的風帶來
塔頂女子無止的張望

而湖，怎麼比一座島更寬廣

帶來冬雪遮得眼睫都要暗去

彼方高樓對正的
岸邊有林，林裡有鹿無語地經過
牠取食已不復存有的
春季難道是我們相遇之處？
小暑之後
鷓鴣習得一種新的語言
海在極目之處，成為湖的對仗
我已無須張望無須
等待盆地洩盡，乾涸
等待平地高樓起無須
攀折殘枝，蒂枯花落
斷崖間，以蛛網懸吊的城

沒有歷史沒有對話
苔蘚無從記載往昔碰觸的指印
稍事摩擦就將脫落的
膚色，或能與夏日相看

天淨沙

也許和一場暴雨有關
也許是黃昏退卻，終爾
遺忘了天際線兩頭我們眈眈相看
我覺察西方
雲氣積累，閃電降落
遮得整城昏愚，意氣
涼薄

是否我們語言相左，是否
要在快樂之前
射落雀鳥哀哀的啼鳴
我們趕在夏季之前

播入泉底的種子
此時是否仍芽葉細弱？
我明聞得朝露晚霞的殘香
它們踩著相同路徑
只是雷雲未到，我們就反覆相責
對辯與各自的表達
先淘淨眼眸
再蹭入些許新磨的沙

一直都是這樣，七月的
天幕晚降。而我怕還能側一側身
調整句讀，也要漸覺疲累
或許你影子的長短
與季節有關

我是筆跡工整但總情感寬闊
也不必再強稱
短短一生，不過看了
一次閃電

醜奴兒

——給這整個時代的瘟疫，為了我們
甚至沒有勇氣，能正眼看一看它。

認不得了，如今你是沒有臉孔的人。
說不出輕快的話，任大衣口罩遮掩密密，
心跳汲出黑色的雨。
我是沒有擁抱你的朋友。

在你沒有名字的墓碑下安睡，
無月的長夜裡，鉅碩的日晷也要崩毀。

眾多爬蟲在旱季褪下了鱗片，
雜蕪的莽原繼續增生，有些詞彙我不及記得。

沒有時間了……坡道已被地平線吞噬。
能否再為你縫補一席床單，
縫補記憶，希望舌上的潰瘍明天就將癒合，
為了我們有個祕密還沒說完。

前方沒有任何事物守候。我想再看看你，
是否穿上我親手縫綴的棺衣。

鳳棲梧

丘陵的高緯度上，密西根的秋天
幾夜之間就已成形
許是氣溫驟降，冷月出沒
快要熟悉的街景，幾週後
將是陌生的遠方

夏日星光如何閃爍
我的悸動與惆悵，夜半驚起

不知今夕何夕
鳳棲哪枝，只確知悠悠晃晃那
寂寞的棧道上，鬆了的
榫釘止不住一張睡過的
床。城市，與你我同溫的
床，它安穩如昔
還是偶有行人問起那顆最亮的星辰
說今夜塵害嚴重，怎麼
看天狼巡狩盈虧的月相

冷月再次自湖面升起，另一個
時區，太陽在那裡落下
候鳥年年走過相似的街景
棲枝築巢是

相左的動詞，過客，是一盞
午后樹下的茶香
沐浴此處氣候不過半個季節
還未遲遲慣習總要南飛——

樹指初紅的丘陵上
管我能銜回萬千枯枝，也不能
在你世界裡築上我們的巢

新傳說

讓我對你抒情，讓我說
所有光亮都要隨細節一同熄滅
告訴你篝火旁邊
我徹夜輾轉的新的睡姿
我未曾入睡但總要甦醒
獨自烤食
並毀棄的手稿，體毛與親吻
是熾熱的器官我已不聞
它是否留有殘香

我欲對你抒情，告訴你
最後一隻獨角獸是怎麼死的

敘述牠細心維繫的體態與矜持
在那裡黑夜降臨
在冬天，
我融入為僵冷的湖岸的部分
我稍能藉舊語言表達的部分
讓我向你抒情——讓我
依賴敘事結構與
宏觀的主旨它邏輯細緻好讓我擁有
分割邊境的準繩讓我校正
每天日出的確切時辰讓我
把影子踩進火堆謀殺夢境讓我
醒，即使我不曾入眠

直到火焰又再升起
帶有暖意，類似體熱的質地

像私密的歷史噢我們潮濕的戀情
我的晦澀與瘖啞我口不能言
值得自己以外的說詞

容我對你抒情——親愛的
你已經在我裡頭了
篝火旁邊我昨夜烤食的
愛，已成為新的傳說
噢我一併烤食
你的性器肌理你的冗贅與廢筆
讓你睡在我裡面聽我喃喃低語
讓你每個黃昏，都能
聽我抒情

兩城

「係我，」
於是，也可以用我不熟悉的腔調
說起今日的天氣，拿你的語言講
同一句台詞還在反覆
「你會唔會同我齊走？」

我繼續在這裡，忍受炎夏的泥濘
慶幸兩個人過同樣的時區

緯度，和地理
航線虛虛斜斜畫進地圖
兩個城市兩個人，努力
認得對方停駐的店招，今日大雨
地鐵還是行過慣常的路線
兩種氣候裡，各自
交錯的用餐時間我總先一步
早出門了多注意陽光熱辣
喜歡你喜歡我是我自己

別人是否會有類似的規律
如歷史中少數幾次
天開雲朗，文明的晴雨
還是收了傘踱往十八樓高座我說
這裡的九樓也有晴空一種

擁擠如蜂巢的人們不諳方言
不能相互叮囑走路的姿勢
「或許再
　生動一些……」
人們趕赴一場場自己的宴會
老擔心睡眠不足，卻更喜歡
多說點話多曬太陽
知道有座城市比南方更南
但人只是跟著方向都你選的，我終於
懂得不同地點做同一個人原也有可能

隔著話筒等待過境的班機
想想這城市比較特殊的
咖啡館裡頭

接近打烊時間了，還會有人來
討杯水並很快飲盡

首段引號內口白，引自王家衛電影《花樣年華》。

園藝

季節有它自身的難處。一場疾風
一陣荒旱，能在兩人中間磨出些
乾的砂礫。
推車嘎著嗓子經過
說蘭花需要濕蔭，九重葛需要支棚
撐著生長的習性與分岔
新綠的枝枒繼續往上，繼續
往上

仍不免想像，你慣常靜坐之間
能不能就在土壘深處尋得少許
祕密，少許的
未曾言明——往年的信簡
養得杜鵑各色苞蕊都在爭豔
把情話
甜美的情話同汗水滴落
一齊腐化也好，說
在夏日的驟雨之前擁抱，恐怕
仲秋也有焦雷陣陣，不言不語
沒人知道明年春天的事
只能明年再說。
鏟剪一張一合，蕪生的過錯和遲歸
比不得季節自身的難處
好像花開總有花謝

葉黃葉綠，本是風景縱橫

爭吵是風，吹過便吹過了
也不必再問
留不留得住深夜你自花木間穿行
薰染了花香有些舊的習氣
雨季底偶然的談唱、衣影、和蟻群
白千層的陣列剝落扶疏片片
武竹何以有枝帶刺，爬牆虎搖曳
繫緊了葉脈裡
月光相纏
相繞
安放的位置一再更動
芭蕉修剪過了還是稍嫌葉闊
沒有風的日子繼續纍纍結實

無從躲閃一種寧定

後來逐漸懂得了秋日的光景
你我牆外側坐
相聞黑闃中仍有花氣朦朧
說話間有人踩著腳踏車自情節邊緣軋過
發出吱呀的聲響

找一個解釋

煙火解釋節慶，殘蛹解釋蛻變
春天來臨本是繁花的解釋
遍地粉蕊
解釋了我們曾在此盛開
燭火室內飄搖，也不過恰好解釋
飛蛾鎮夜望窗戶撲打

泉水解釋井的位置
昨夜微雨，潦草的筆跡是一種解釋

若有誰去塗銷它
卻正好讓另一種得以成立。
月相解釋潮汐，蟬鳴解釋
地底蟄伏而出的我們噢
我們，是如何急切地向彼此接近
如同霧淞霜露
解釋了冷空氣從這裡經過
天狗巡行是日蝕的解釋，而
楓紅解釋秋天，卻不能
解釋美好的盛夏
為何總是早我們一步離去……
斷絃終將解釋音樂，樹蔭下
動物匆匆自四方而至解釋了驟雨

然而，一個缺席的人
該怎麼解釋
時間何以能令我獨自痊癒

輯2 意識的邊境

聲音是最初的啟蒙，也是首先的淪陷

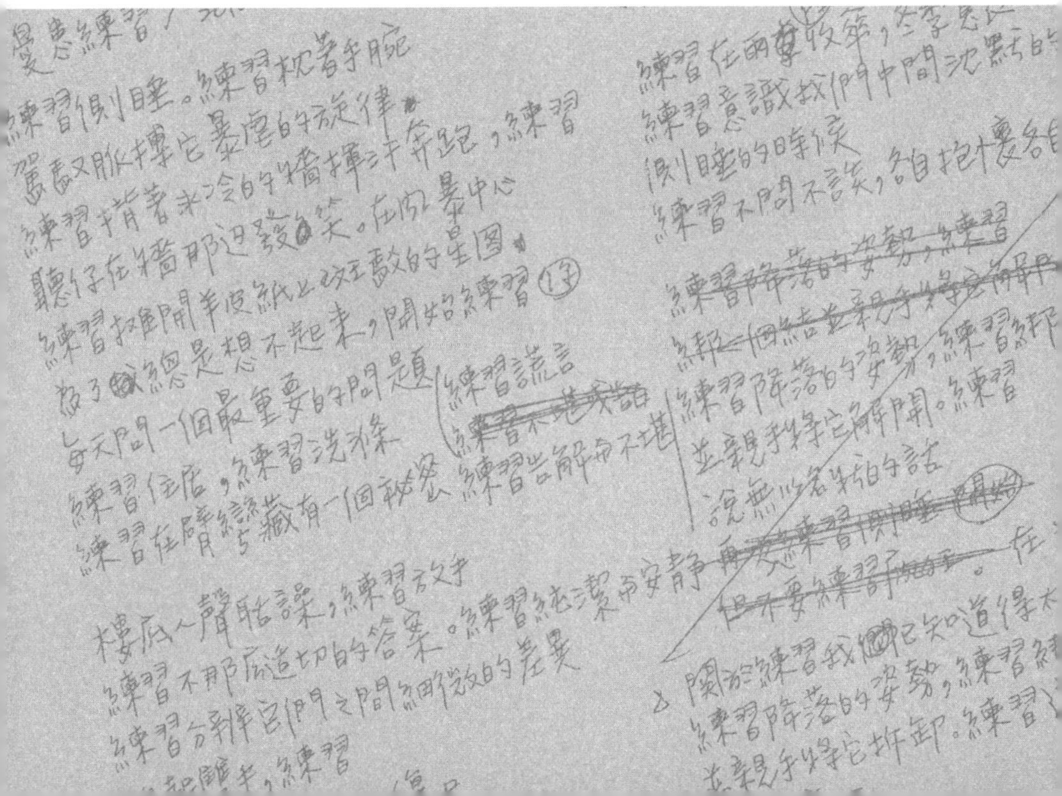

情願或不——致波特萊爾

為了小小的浪漫，我情願步行
情願在途中痙攣，編造我們相知的畫面
情願我能與妓女的名字一同安睡
如此幸福、舒適、滿意
情願手臂斷折
為了曾擁抱北方大道的林蔭

也情願追逐馬車的影子，受人群吸引
把一切令你為難的抒情
自冊頁裡刪去。我情願被紀律馴服
情願看書學習，不再錯認
並非你所親手建造的階梯。情願被才華決定

我今天住哪裡
還能在雨天裡收傘，情願我聰明
驀然已到達你蛛網般憂鬱的巴黎
情願記得膝蓋上一則烏青
情願磚道鋪陳
是我們彼此的照應

情願再踏上一次意外的旅程，情願被你
恰巧目擊，不情願
天邊那如霧的快樂會消逝

分裂

——寫給另一個自己，我所親愛

你握住了我的手
「一切看來如此平靜。」你這樣說
我們背對背，浸坐在汗濕的浴盆裡
伸指摸索彼此的皮膚
脊樑，和肌理
回顧體表共同的皺褶
洞見疤痕鋪排隱然的章法

你說，每天都想走進人群探一探頭
要踹踢那堵厚牆上鑄刻著我的名字
我們在早晨共飲一杯牛奶

同洗一條內褲，分辨汙漬裡相異的路徑
你已在我裡面了
但我並不真的記得
「張開一些，再
　張開一些……」
讓我們張開觸角，攔截彼此
逆風散發的生的氣醚
關於彼此，我們知道的不多
為了每次事後的聽說
只能在被褥裡安置隔夜的耳語
撿拾你慣常把襪子扔在床與牆的間隙
拿便利貼敘述案頭的紙屑，和蟻群
失眠裡偶有抓搔
難免在四肢多添些新的爪痕

終於你我如星圖般分裂
餵養出自己的哲學，記憶，與沉默
想起童年放學後的雨天炎天
頭一次我們並肩一把傘，爭執
該向左或向右，往港邊或書店？
我枯坐井底，張望七月的天空它深邃
晴熱，光朗。
你說，也想活在人群裡
練習在簽單上疾書你的名字
有時欣喜於某個瑣碎無關的夢
搖晃菸盒，想確認裡邊還有最後一支菸
但那只是零與壹之間
徒勞的嘗試
我們，我是說我們
能否同時是兩個人

到底是誰在追趕誰的人生？

「原以為你和別人不一樣，」是嗎
背對背，我們相互碰觸
兩人之間瀰漫著泡沫與水霧
溫習各自的未及看見，談論
對方也曾吻過但不認得的那每一張臉
一切看來如此平靜
起身時才覺察
鏡中那人，不知何時燙捲了頭髮

家變

我父與我各自釀藏祕密，浸漬
憂患裡，那時突然有人在窗口喊叫
彷彿一台鋼琴久未調音，我能自己
練習，我會說
杜鵑看來仍是去年的杜鵑

反正是無人的室內反正是
等待膠合的三夾板咿啊開闔，看來是
竟與你容貌相似那人打街頭走過
我父，給我以氣血並
給我以智慧。令我能
面對長日浸坐自己肚腹中

飽食那些謊言與微笑——漩渦捲起
線香煙塵，家族的背後有魂魄驚醒
一扇窗靜靜鑲嵌著星光，但
並非是風
吹開了它。

我父。我血我身
原先都是我們所站立的地方，而今
你迎回那神龕還未及開光
已經為言語所蔽——如果有神
為何牡丹花叢裡來去那人滅熄了燈火
葳蕤新芽都枯在他底下？反正是
不作數了。兩十年前
眾人圍坐新年現在徒然是

三四人空懷陌生與哀慮。我父
當然我會這麼想——如果
我們承續並非同一條血脈
那霧靄般的
惡之言語。

露台上鐵枝如荊棘生長
令雨聲掩護我們在青石奏響的
急板。討論一個稍微感傷的
話題，噢我父
祕密裡供養與你相似臉孔
而今我聽聞他喊叫你名姓
差可比擬彼此的廢墟，竟如此地
並不適宜

國殤

此時太陽已越過中天，歌謠
還在隨水位上漲。遠方黑幕飄揚
我父，說不清的八月的憂患
樓廈般的雲靄持續攀升，噢這傘
終究不蔽久旱之雨

門口斜倚，新綠的青竹燈篙
是為你而伐啊蔥蘢蓊鬱，看
行走的群山

我羞於告訴你，你未來的墳塚上
可能將誤刻著別人的姓字
我父，我該如何分辨
哪條手臂當配上哪一副眼鏡
怎樣的呼喊曾在哪具胸膛迴盪
許多窗戶在泥礫底下關閉
那些打開的
則迎入了更多的神明

不記得原先是如何的血肉身軀
如今都是我等所站立之處
我父，我怯於告訴你
有人只能撿回了頭顱，有人
丟失了容顏——更有人

兀自在溝渠邊纏繞，灰灰蒼蒼
長街上，有人將斷橋與塹壕銘刻於石
宣稱記得一切的發生

檀香繚繞是你回家的方向
我父，生命不就是石與交媾
河流與死亡。我又感覺上游某處
隱約漂來故鄉的消息
那枯枝敗杈
可是你最後握緊什麼的姿勢？

黃昏已不是同樣的黃昏
我父，我稱你的名請求你
莫要走遠了，此時惡水已近休止
請告訴我

那為你張揚的傘下
有否一襲晴朗的天氣

天問

我父。該如何陳述我等的姓氏
一頁未竟歷史為何倉促翻過
為何季節攀援在遠遠的山脈，為何
驚惶操演，改寫黃昏的陣列
雲翳的層次

我父，是否我們該談論時間
為何令一個女人變得蒼老
我父。閃電為何總先於爭執

苦難為何先於文字
為何故事只關於過去而非未來

為何我們所彼此隱藏
總比知悉來得多
我們的姓氏縛有平整的結。
為何沉默通過歷史缺頁的曠野
並突然感覺冷

讓我們同去井水裡沐浴，我父
洗淨你語言你所鋪陳
你的說與不說
為何我們是今日的模樣
而非昨日之非

為何繁花，為何蕭條
為何只能談論相左的氣候，你彷彿
陌生的雲彩遺落我窗前空景
為何我踏遍今宵酒醒
還是追不到你

背包旅行

我對方向毫無概念
亦於星座一無所知。
彷彿有誰隨意配對手中的紙牌
指派我前來這裡，明信片蓋有
風景與郵戳，沿途氣溫下降

目前，僅是那短暫的晴天
我的目的地就已一併給確立了
如果是非走不可
手中這副牌，能湊成另一個季節嗎？
人們總是穿夏天的服飾，圍坐著
旁觀滑雪者自四面八方飛下山坡

把昨日留在昨日的岩壁上
要盡量令他們擁抱
但不要為我拍照
這裡每張臉都差不多喜悅
最好，別有人認出我一陣吁哨

荒莽的大地上
我將是自己唯一的星圖
然而我對方向毫無所悉
非常可能通往意外的景致——比如說
「吉力馬札羅」聽來，我並不熟悉的
城市郊區也有一站以此為名
我負著站牌前進，以為啟程
過了才兩個街區
再往南些，已對星座一無所知

感覺惶惑。也感覺冷

只是想自己到達比較高的那座山峰
背後的星辰是要漸遠漸小了
鞋在山腳下守候
那裡若有人身著藍色襯衫
如今，他一樣是微笑的嗎

辨識出窗戶陌生的輪廓
畢竟是遠方了
但不必為我拍照
雪會落在北方那座山脊
站牌孤獨得像是另一個房間

租賃街

他們說，租賃街上所目擊一切
都有保存期限，值得守候，並肩喝醉
神婆手握酒杯與革命思想
每天營業到午夜。隔日老電影喧譁
青春的啞在書桌上醒。
覺察記者抄襲對話，其實
沉默也未嘗不可，棕色唇邊暗綻花蕊
街頭，彷彿他人口中一次、再次的家屬答禮

沒有例外。又有人說出禁句
寂寞的：你晚上有沒有空？問題是
溫良、誠懇僅一線之隔，接受掌聲祝福
並持續傻笑。月底，輕薄皮夾
在租賃街上翻不開一頁小說，教授開瓶
呼喊形變中年喝得開心
度過老調而溫柔的九零年代
崩解的街逐漸收回、重新佈局、穿梭
民歌手與詩人的衣櫃不斷改寫……

最優秀的模仿犯出沒這裡教人詫異，最準確
往往最無聲音，毋須擔心次月店租優雅地來襲
直到菸酒燃盡那天
妝點粗口狼狽美好地死去

憂患練習

練習側睡。練習枕著手腕
駕馭脈搏它暴虐的旋律
練習揹著冰冷的牆揮汗奔跑，練習
聽你在牆那頭發笑。練習在風暴中心
攤開羊皮紙上斑駁的星圖
為了你總是想不起來，開始練習
每天問一個重要的問題
練習謊言
練習告解與不堪

練習住居，練習洗滌
練習在臂彎藏有一個祕密

樓底人聲聒噪。練習每個
不那麼適切的答案，練習純潔與安靜
練習分辨它們之間細微的差異
收起雙手，練習
遮掩指尖各處的傷口
並再次練習側睡
引擎和酒食正呼嘯而過……
練習低身走過懸崖的隘口
練習收集線索，對人群說個笑話吧
並練習使他們哭泣。
練習觸摸彼此慾望的眼睛
練習喧鬧，同時練習

關於一個故事的許多種說法

練習在雨裡收傘，冬季寬衣
練習我們側睡中間一襲沉默的牢籠
練習不問不談
各自抱懷各自憂慮

關於練習我已知道得太多
練習降落的姿勢，練習綁一個結
並親手將它拆卸。練習道別
練習看無以名狀的風景
在熟習了昨日的各種情節之後
最後一次練習側睡
但不要練習瘋狂

患者

你為何不快樂，為何
將不對稱的葉脈夾進小說
沒讀完的城市裡星辰為何那樣稀少
眼睛是河，為何那裡已沒有了光

讓盲人攝影師給你拍張照片吧
成為靜物畫的一部分

吧台上接受餽贈，在咖啡裡
加五顆奶油球並將圍巾留在那裡
你為何憂傷，為何放任生活
被虛無導引的列車自鐵橋下

快速通過你看著你問
它們為何一一死去……

凌晨五點，背痛喚醒了此處並無光線
眼睛自閉闔的臉上逃逸
不睡的人看不見星星

疾病在林中滋長
榆樹、槭樹、楓香來不及紅，等不到雪
急急遮掩不安惴惴
你為何哭泣，為何成為橋上風景
為何在溺斃前依舊呼吸
讓雕刻家給你捏個銅塑吧
把葉脈書籤夾進點字書裡，摸索
還未讀到的情節——

可以碰觸你嗎，或者你的白髮
以及其他
日復一日跌宕的書店門口
樹漸次鏽蝕然後生出眼睛
死去前看許多季節，快樂與不快樂的
給失聰者點上蠟燭吧
一齊踱過孤獨冷酷而豔麗的街頭

為何失去了消息，仍要繼續變老？
為何相擁沉靜的夏末
爾後，你終不再是夜夜失眠的人
你是風景、是銅像、是燭淚
坐擁整片樹林
永恆為何離我們那樣遠

阿姆斯特丹

沒有一襲晴朗的天氣屬於我
我的寂寞站在四樓窗口，告訴我
今晚便去掀開紅燈區的珠簾
看某些風景已開始調情
牠們是歡愉的，牠們吠鳴
牠們是本能的。
射精之後方離開了彼此的身體
如街角男人離開了他的座位，

在交通號誌數過來的第三支燈桿旁小便
沒有人教我該如何去做。
我不是一個男孩，
但也不是一個男人
您可曾在鏡中尋找過自己陌生的背影？

我的族裔同這街道一樣久
那同時也是我的名字。
沒有任何晴朗的天氣屬於我
那個男人很快又回到了
他的座位，並簽下姓字
他非常滿意。
乘昨晚末班機抵達的人並不是孤獨的
但您是否注意到各種風景偷情的聲響
正要乘今晚的末班機離去

我的寂寞回到了牠的座位。
在即將翻修的街道上
這裡的族裔不曾擁有名字
沒有一襲晴朗的天氣屬於我

請容許我談論

請容許我談論溫和。容許我
談論我的姓名是母親所給的
請容許我談論身體
容許我赤足踏過您黃昏裡的莊園
請容許我談論左邊的腳踝
有一顆痣，容許我不完美
並容許我談論它

請容許我的心是熾熱的。
請容許我談論您所犯的錯
或只是讓我對此
保持永恆的沉默

請容許我喜歡自己，容許我
站在這裡便是我此刻的樣子
請容許我談論曾有燈光滅去的時刻
容許我談論黑暗中的旗幟
容許我笨拙地
點起燭火
並再次談論黑暗

當我離開久居的井底
外頭是一如往昔般黏濘的季節
我目擊母親懷裡的嬰孩
正一個個饑餓地死去
我如何談論音樂
而不是伸出雙手去擁抱她

請容許我談論這一切
如同您的母親給了您身體與姓名
且我會繼續談論它

博物學家的戀人

「在描繪一個詩人時，你總會發現一個博物學家。」
——羅蘭・巴特

描繪一個戀人時
記得拿漂浮的打字機記錄婚禮，記得
讓貓跳貓搔遮蔽她眼睛
記得將黃昏臨暗的風收妥
而鑽戒的保證書
就丟了罷
讓博物學家練習日常的廢紙回收

畢竟戀人的呼吸通常
很氣，很急，很親暱
盲人攝影師拍上的婚紗照開始泛黃
遺失舊日的地址
甚麼也不能做的戀人要繼續給對方寫信
絮語叨叨只好
研讀過去，塗改現在，並
許諾未來告訴她今天甚麼日子
該有一種值得紀念的例外
從極端到極端
爆米花到鍋碗
從日復一日床笫的勞動中抵達圖書館
開始回顧文獻，書寫正文，以及註解
如何描繪一個戀人

畢竟她已擁有安全無虞的夢
而我苦苦守候站牌與晴雨表
受這氣候的損害

輯3 嬰兒宇宙

當所有可能世界創生那天
海洋上空必然有了音樂，兼有冷的氣旋

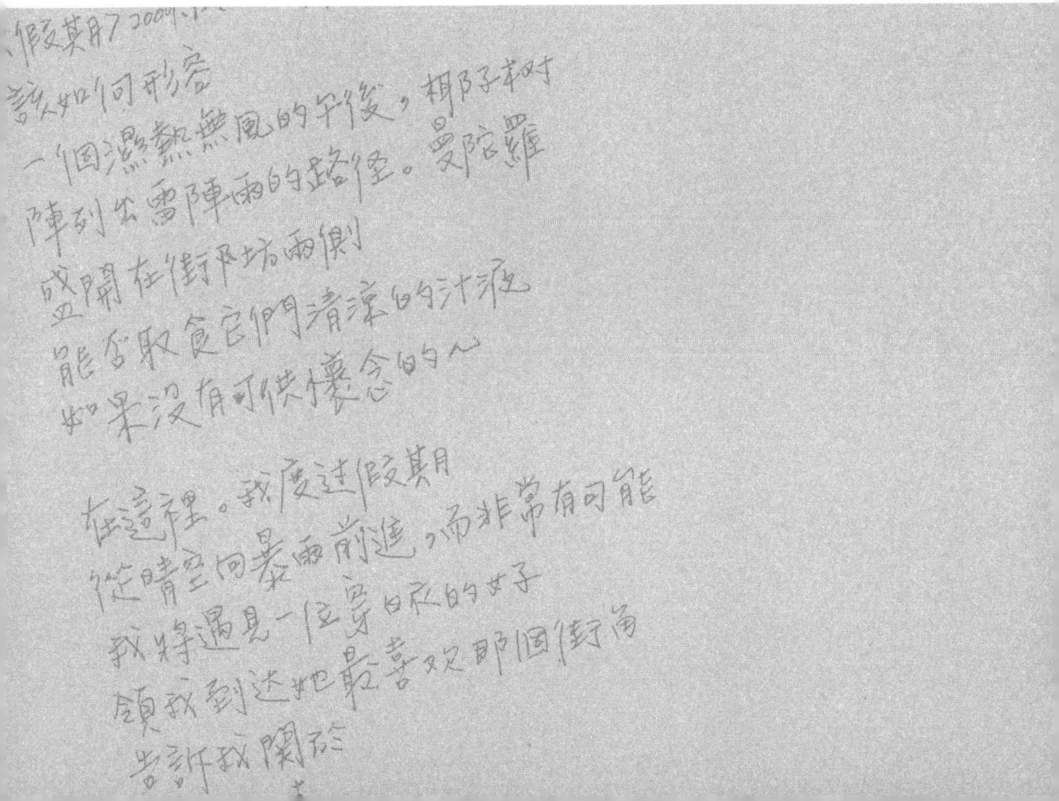
假期 7 2004.1
該如何形容
一個濕熱無風的午後，椰子樹
陣列出雷陣雨的路徑。曼陀羅
盛開在街坊兩側
能否取食它們清涼的汁液
如果沒有可供懷念的人

在這裡。我度過假期
從晴空向暴雨前進，而非常有可能
我將遇見一位穿白衣的女子
領我到達她最喜歡那個街角
告訴我關於

惡地形

——寫給那座港。給那人，那城。

「這裡甚麼都有。」那人站在港邊
牌招燈火將滅，還帶著陰影
幾個人相擁在窟穴般的門洞
梳理他們隔夜的毛髮
皮垢和情緒
雨季總是渾沌而冗長

城市伸進海洋如同列車伸進人群
地底不辨方向自然也不需要明暗
管線自行繁殖
交換了太多

祕密，而非明確的甚麼或者甚麼
其實我多麼明白，所謂聆聽
只是負傷的獸相互舔著傷口
雨水無關乎於戰爭與愛
一無所有的時候
便在群眾中間模仿列車進站的哨音

——若只是模仿你的語氣
是可以的嗎？
人們在熄燈後的會堂裡抽菸
談論修繕和偽裝
談論梔子花偶然的妝點以及慾望的眼
宿醉和酡紅
談論打發時間，談論他們自己
最近一次回老家，其實不過是

戰爭中短暫停留的地方，而現在
孩童留著及耳瀏海說陌生的語言
打跟前跑過

我多麼明白雨季
總是相仿而漫長
下水道在地鐵的旁邊如同貓走在人群的
旁邊。兩十年前你我相遇之處仍是海底
當我們終於開始交談
光潔與碎屑
篇幅和流言，也都在這裡
「我們一無所有。」那人在港邊
更多個兩十年前，山崖鑄刻著碑文
人們還在談論如何將惡土變成樂園

如今泥流和歷史
都繼續成為海洋的部分

暮色在秋天總是來得比較早
路燈亮起，而這似乎是個廢棄的門洞
陌生人走近又遠離
以為自己畢竟跟錯了隊伍
便粗魯地發笑
並輪流在號誌底下小便

模擬城市

讓一切存在。讓它們
暴露在光源底下
即使是不斷變換著位置的那些
也要讓電力充分地進入
讓房屋帶有秩序

在迎風的丘陵上種植風車
維護一切相鄰的規格
「寬闊低垂的屋頂已不合時宜」
要拆除農舍
讓煙囪高於鐘塔，給人們

麥克風，同時給他們耳塞
讓地下鐵取代馬車
讓下水道
往市中心的游泳池匯集

不要讓行人橫越草坪
要不繞過，要不
就利用小徑穿越
但也總有人走的是對角的捷徑
要讓一切在正確的地方。

讓泉水鄰近花園
在噴水池中豎立演說家的雕像
且在周圍，用柵欄捍衛他的說詞
公園將對每一個人開放

但當流浪者走近
就把長椅與板凳收起。
告訴人們，要給亡者立碑
給他們道路
讓他們定期前往隔壁城鎮的市集
等到下一個季節，就在
他們頭頂上
安排住所給新的居民

當你到達那裡
一切都已安放在正確的場所了
再也容不下任何更動
只有哨音繼續催促著你

模擬市民

在人潮最多的街角張貼布告
兜售情人，或他犯的一個錯
把握時間
同陌生人交談，但不要過分溫柔
總有人獨來獨往
像笑容裡突兀的缺牙

想一想那樣的城市
每個人都有各自的說辭

紅燈即將結束，便朗誦昨日的氣候
說處方箋嘈雜，說公車老過站不停
人格袖手旁觀也不用再提
「等待是一種美德
　雨季即將結束
　又有新的鐘塔很快立起」
拿鞋尖在紅磚邊緣畫條線
可以煮茶水給路人喝
更或許已放到涼了

九重葛在夏季繁衍，道路
不分季節持續繁衍
剪去冗枝冗句即將在深夜裡搬遷
每個人
都有各自的身世

像是影子遮不住鞋子，遮不住臉
「但誰不會犯錯呢
便利商店販賣人們的並不需要
不需要習於現狀。」
人們四處遊戲，人們
年輕的時候更加尖銳
沒有甚麼新的值得讚嘆，沒有
舊的必須毀棄。一個人的午餐
是校正孤獨的基準

在錯拼的輿圖中找尋彼此
每個人都有自己的說辭
種樹前該先灑水，或者去一趟海邊
等白晝裡發現
這裡仍有些多的影子

想一想那樣的城市……
在罰單逾期之前街景已恢復大半
你想你是個實際的人
並不會讓自己等得太久
在綠燈轉黃轉紅之前，在轉播車
到達之前
人群就在線的這頭
你不真正認識他們

模擬大樓

樓層繼續生長。
工地上方已與築了更多的說辭
偶爾寫岔了筆劃可能需要擦拭
但不必特別耐心
像女侍清洗你昨日的領巾

這裡不需要鐘塔但
需要陽光。在逆光的一面
投下陰影，讓它指出時間的形狀

讓誠實的人並肩上樓
不要更動他們說話的順序。
「想說些情話，喝些飲料吃些湯
找到個樹洞，不如
找到串鑰匙來得安逸。」
或安置更多電梯。頭顱走在肩上
不知露台邊緣何時將有颶風來去
且令我屏息。
且相信黑夜，有它自身的神性
雨總會適時在霓虹中降落
風揀選落葉
隨意揀出雙說謊的眼睛
通風井呼吸太多祕密
不菸不酒但不健康。看那些人群

上下樓梯，太快進入同一場電影
卻又總是急於開燈。
天台無人總是大樓自身的盲點
往腳底喊著比不上你說出一句
「愛是盛大的幻覺
　沙漠裡我是個渴水的人，太容易
　移情於一場海市蜃樓」
讓高跟鞋敲擊階梯
再不去分辨它靠近或遠離
樓層，還在繼續生長……

互道晚安的時候，也將踱回生活的
常軌，但願梯廳裡我能翻找出鑰匙
深夜偶有驟雨來襲

那時六樓還有盞燈亮著
但七樓沒有

假期

該如何形容
一個濕熱無風的午後，椰子樹
陣列出雷陣雨的路徑。曼陀羅
盛開在街坊兩側
能否取食它們的汁液
若沒有可供懷念的人

在這裡。我度過溽暑的假期
從晴空向暴雨前進，而非常

可能我將遇見白衣的女子
領我到達她
最喜歡的街角
告訴我關於牆的敘事
關於芭蕉在無風的緯度逕自垂首
和激情的熱帶幾乎兩相遺忘
我們彷彿將成為
街角與街燈
嘴唇與菸蒂
那樣的關係，在濕熱的夜
交通號誌指引我們互異的方向
我回頭獨自去看海。

或許是假期的中間
「你喜歡這島嗎？」有人問

我目送飛鳥消失在南方以南
陌生男人說著陌生的語言
青龍木底下
記不清楚自己如何回答，可能是
假期裡一切都好的回答。
我急於擦拭
眼鏡上積陳的霧氣
還是不能分辨不能碰觸
浪花或白雪
熱帶的海拔
教堂尖頂彷彿等待著對流雨
那淋漓如笑聲的友誼。於是
我便回頭去看海

若沒有可供懷念的人
我能看見島嶼四方的邊境
「你是自由的，」取決於
如何期待夏季，如何
歌頌曼陀羅開滿了我前來的路徑
假期覆以綠意
畢竟是知道得太少
我會否懷念這裡？

依舊是多雨的亞熱帶。當我
返回家鄉就想起她彷彿說過
「請閉上你的眼睛」
夕陽在河口處落下，於是
我與影子出發去看海

迷藏

把孩童藏進黑暗的閣樓
給他們蠟燭，但不要給他們書
把情人的臉藏進一首詩
收妥寫壞的句讀

一切彷彿開始消失的午後
把嬰孩藏回母親的裡面
像把種子藏進沃土，但要記得
把井藏到其他地方

那時，枕頭被褥裡還藏有火炬
煙塵飛散藏著情人的言語
他褲管反摺。他走過
便把灰燼餘熱，藏進他鞋襪中間

換季之前，把吻藏進後車廂
在車輪下藏著音樂
將一束桔梗藏入陌生的背景
房間，正緩緩移動到牆的另一頭……

從晴空到暴雨，磚瓦都在脫落。
奪取站務員的哨子
把自己藏進列車中間
偶有煙火施放，街道已是新的雷區

跳房

在地上畫一棟房子
最遠處是天堂
在中間令怪誕的章節任意分布
讓碎石非常不均勻地佔領四處
命人們在雨中跳躍
鍛鍊不常說的那種語言

用粉筆畫條線作為起點
讓邊界在雨後消失

私自排定每個人出發的順序

跳過已混為一談的衣角與鬢影
跳過屋瓦與昨日，跳過
都會與郊區，也應該
交錯跳過滑稽的吻，跳過玩笑
與承諾，跳過兩棟樓當中
確知會漏水的那棟
跳過人們總說是錯的部分
跳過有紅字的壞成績
沒人說明我們從中得到了甚麼

謹慎跳過那些空的部分
並擺上石子「它屬於我。
你不該在這裡親熱

即使只發出細微的聲音
　也不被允許，」每隔幾個鐘頭
就有人繼續進來，有人
間歇地離開，如果
有一個人膽小懦弱
就跳過他

應該繼續我們非法的
居住，在牆上安置鏡子與耳語
看自己從陽光中消逝，就確定
沒有人到達對面

扮家家酒

最好讚美一桌壞的菜餚
把酒杯邊緣給舔出缺角
裝作記得昨夜的夢，詳實
記錄桌子兩頭的表情
抽牌的時候最好微笑
鬼牌不宜過多，
但也不會太少。

看見馬路上走過的衣影
就空空扣一次扳機
即使穿著同樣的內衣，也最好
換雙靴子，輕躍過雨後的泥濘

裝作一切自有其道理
晨跑的時候
對陌生人練習吃驚
或吃驚的表情
多數時候它們就這樣溜走

最好帶著故障的打字機
扮成自己的情人
隨意走到街角的咖啡廳，撿起
在那兒工作的辛勤女孩，聽說
「有時候蹲下，就能得到
比一張還多一些的鈔票
我很幸運」
她醒著坐在電視機前一整天
拿螢光四處塗抹

假裝床有縐褶，枕有餘溫
一個人走在漫長的街道
練習將善變的街道
看作固定的櫥窗
多愁的人最好寬衣早些去睡

美式廚房

他們喜歡一切
是洗滌過的。
食譜中剔除了與鮮血相關的場景
情節自遠方運抵前已徹底地冷凍
喜歡妥當揀選
調劑、與分類
確知在固定的時間
事情將順利地發生

喜歡胡椒尚未研磨的樣子
但不喜歡噴嚏。喜歡
百里香在百里香的瓦罐裡
他們不認得任何一株植物
其實也不需要。甚麼時候開始
他們喜歡黃昏
黃昏像初自烤架上叉下的腱肉
醬淋淋地擺著
喜歡調整百葉窗的角度
喜歡航空器木訥飛越沉鬱的天空
不必抬起頭來看一看
他們說
「炸」
畢竟一切經過計算、切割
與預熱，都有規律的時限

烤箱裡偶有腐屍與亡靈

他們不食用任何的內臟
牛油不過一襲淋漓的雨
計時器嗶嗶嗶響起催促的聲音
天空裡紫紅色煤煙
正冉冉昇起

樂高

「如此整潔繽紛。」我多麼瞭解
你會如何敘述這磚瓦砌造的世界
人們作勢擁抱，用各種顏色襯衣身體
代換今日心情幾何，好像也不必再問
你今天住哪裡。
在每個無關晴雨的城市
樓起樓塌不過轉念之間
你為何能夠隨時保持微笑

帶我去遠方，或我不知道的某個時代
那裡也是光亮而安全的嗎？
畢竟酒杯長矛都是同一個尺寸

讓我成為快樂的人，放棄我的
體味與毛髮
聲音與表情
不必憂懼黑暗或死亡
總是結伴通過熱帶的沼澤，手都一直牽著
教堂屋頂並不真的需要遮風蔽雨
讓我們策馬奔過石器時代的洪荒
躲避盜賊埋伏的海域
看盡這個世界美好的光景

如此飽滿而又精巧。
一種光滑的漩渦的質地吸納了我
那時候，我們正微笑著一齊成為
街燈和植物
海岸和太空船

有人蓄起鬍鬚
在另一個星球演述他的鄉愁
那仍然是重要的一件事
我們是地圖是砂礫，是
語言以外的各種物品正要失傳
我也將成為沉默的那種人，沒有歷史
是可以的嗎

或許，只是或許……
在城市和莊園中間與築軌道
電力耗盡之前都有列車來回運行
然而月台上並無警示音響起
你為何能夠隨時保持微笑

審判

——我的偽意識史

承認我曾和撒旦見面。與牠
徹夜談論什麼是小說，而不是
何時去探望我們的父親。
我成為丑角的同時也扮演醫生
可以稱職地使用油壓剪
嚇唬說謊的兒童。
承認我每天將單輪車騎進
憂鬱的黃昏市場，在那裡

男人們粗糙地修整對方的鬢角
詢問彼此，
「還有些草是否也該剪了」

要承認，在一個夜裡
我僅僅是將郵筒從紅色換成了
綠色，並在隔日清晨的葬列中
發送印有塗鴉的傳單。
兒童時常發揮他們說謊的技藝
舉例而言：若非在這裡，而是
另一個更加冷酷的法庭上
我將能證成那一切
都與我無關。而是的，我崇拜您——
降靈會幽幽的燐火當中
您不就是換穿了衣袍假髮的人？

如果我誤認了，讓我道歉
再承認我曾和異教徒對弈。
用一則笑話邀請撒旦，與牠
徹夜談論什麼是好的小說，
並詆毀我們的父親。
滑稽而荒誕，我有虔誠的信仰
同時也和我之外的那些人通姦
我們的血液裡混雜了
廣告，性慾，與口條
我喜歡我所做的事情，那時
我通常會感覺自己是個男人

別去抓不會癢的地方
承認我並不想離開電椅。

我不曾禁止兒童餵養鴿子
或玩弄他們的鴿子
畢竟您不會對您的鳥說：
「請向上爬升，然後再
　隨便往哪個方向飛一陣子。」
如果我確實是有罪的，或許
謀殺一個幫女孩墮胎的醫生
也能讓您得到快樂

宗教

那日盆地裡塵煙迷濛，天空
並無異狀。高樓依舊是昨日的高樓
在微雨中悚然矗立
我們方一同擾亂了隊伍
搶食救濟的米糧，飲水，和香菸
放任那幾大箱肥皂和書籍
在事後陽光的倉儲裡
恣意地腐敗以致發臭
於是我便祈禱，像任何一位

正常的父親面對豪雨的風向
總是帶著酒意

也不必看得特別明白。
在無水無電的夜晚，我崇拜一隻
先於人們遠走城鎮之外的貓
我記得牠深邃的瞳孔
石墨一般毛色在黑夜裡展開
經常蹲佇在尚未傾頹的磚牆上
垂眉低首彷彿一位
故事裡的先知
挨家挨戶聆聽少女們激越的呻吟
再次確認牠寂寞的版圖。牠離去
並首先提醒我們注意倉皇的鼠群。
溝渠邊我祈禱，像一位

溺斃了兒女的父親
他默念百鬼的名姓

境況較佳的人們總是冷冷避開
不必猜測甚麼事情正在發生
而我崇拜那位持續在沙地上
繪畫的孩童
在一襲潮溼的天氣，他終於起身
無所猶疑踩過自己的路徑
並以新的足跡抹消了舊的——
好像我們繼續等待著
新聞或霓虹燈
地水火風高樓。那幅沙畫裡邊
孩童測度著昨日的雲圖和晴雨
於是我便祈禱，像一位

旁觀的父親，他搓著手

在焚燒與埋葬之間
沿途為何有這許多廢棄的廟宇，我當
崇拜一株老樹，為了它總是記不起來
哪時都有災厄或豐年
在眾神遺忘的段落裡
我們都已亡故許久。而那
是否也與今日的天氣有關？

盆地的天空堆滿厚實的雲……
看來，明年的五節芒會更加茁壯
並侵入我們的居所
於是我便祈禱，像一位
迷路的父親他開始哭泣

不和諧音喉唱：二部和聲

「我們的生活中，尚未向我們示現的那些，其實也並未消失。」
——Adele Clarke

（一部）	（二部）
北方，我敘述這港城困頓的騷動	夢中，我感受到海的騷動
事情是這樣的	這是仲夏。深冬的十三月
我記得它不曾在冬日結冰	長髮少年剪去了他的髮，告訴我
一開始，有個長髮的少年走向我	北方冰山猶疑而來，他感覺冷。
在冷風中揚起手	我沿著河水向前走
他赤足，腰有流蘇，破牛仔褲	天空——透露畏懼槍火的臉

貨櫃——自空中落下，那時　計數器自動撳按排隊跳入港底的人群
雨，從四面八方來——如同　貨櫃中奔出意象與禽獸
　驚惶張望的男女的眼神　一種巨響一種
一種巨響，浮木間人們設想與棺材　不和諧的——振翅與逃亡的聲音
　有關的嶄新顏色　交通號誌熱烈地沸騰
是少年的長髮，朱紅，或早衰的枯枝　少年將髮剪下，埋藏樹根周圍
在牌樓下，在街道上，紛紛哭出聲音　記得那時，夜在街道上落下。

　　　　生存　海岸線上還看得到太陽的時候
是鳥把巢築在太陽升起的地方，是鳥　孩童在海平面上奔跑
終於返回太陽落下的地方，當樹孤立　我告訴他們潮汐，告訴他們鳥巢的位置
　在太陽照不到的地方　促使他們將卵盜回被窩裡
　那裡必然也沒有陰影　暖暖地孵著

夢中，穿黑色軍服的少女走向我　想起我底初戀，彷彿遙遠的篝火旁邊

同我要一根菸，要我點亮她　一次不堪露宿的親吻
　約略記得她眼睛　少女的眼睛為花粉所迷，為酒渾沌
　深深底黑——黑出血來地咳著　而今日——她穿上黑色的軍服
海洋敲擊出巨大的光與暗之聲響　像參加她父親的葬禮。她再次同我親吻
　我想起更久以前　牆的裡邊
我底初戀。靜謐的雪。從海上來　翻覆嚴肅的論辯
沒有甚麼特定顏色，火爐在屋裡　牆的外邊，她說風停了下來
浪濤在防波堤外，海鷗在防風林上空　她說，靜謐的雪，從海上來。
　發出尖銳的聲響　我舉槍射殺海鷗並澆熄火爐的時候
　穿黑色軍服的海鷗盤旋　沒有其他的話了
行過無數可見或不可見的航線　方位突在淚眼底模糊
　方向突然消滅　淤淺的港邊
　屏息　遊騎兵佔領了每一座吊車
　遊騎兵在街角　巨大的電磁鐵伸入天空，重劃星座
刮除了整座港口的鱗，她說　少女推開我身體

他們是披著星辰而來的瘟疫　黑色衣影隱沒在黑色的轉角處
　　噪音漸響漸響漸大　風雪洶湧
夢漸被漸醒的交通號誌填滿　夢漸睡漸沉我想她不能再醒

「——告訴我，自由在柵欄前面，還是柵欄後面？」

子夜以後，他這樣問她　當他這樣問我的時候
而她，實際上已經睏了　我指向比南方還再南些的地方
　　沒有門會打開　那裡沒有門
　　　　也沒有門鎖上　有煙，但沒有火燄

港因海而活著而半音半音地換氣　無法離去的男女彼此褪去衣物
　　持續嘶噓　任憑床融化，劇烈動搖

寒意，在通往碼頭的快速道路上奔馳　對著空啤酒罐勉力地喘息——
遊騎兵設下路障但不能阻止藍鵲穿越　於我而言，熟知港城身世的歌唱者
　　偉岸的深邃的綠色海洋　屠城者從兵火中現身並不是

在夜裡　　偶然的想起。往碼頭的路已封閉
人們給我傳單，教我口號　　人們圍著火葬堆哭泣
遊騎兵拿走我的傳單　　或焚香或飲酒，或
並且教我另一支口號　　將傳單粗魯塞入我底掌心
目睹長髮少年打港邊走過　　——我呼喊他們的口號
毫不遲疑地裸向冰封的海洋　　然後，在人們看不見的地方
他發出尖銳的哨音　　將草率堆起的白骨踢散。
召喚鴿子擁入懷裡　　長髮少年回首，看了我一眼。

終於等到了黎明，透過窗櫺　　風搖動一棵無花果樹
看到徹夜辯論的乾涸的唇舌　　窗櫺上，橫陳跨坐的臀飲多了酒
給人壓在杯底　　望杯底探詢黎明
當鳥把巢築在太陽照不到的地方　　黎明。黎明，當鳥做了一個關於太陽的夢
來年春天的孵化就漸遠漸冷漸遠　　太陽就在街道上集體落下

電話亭給不知名的男女砸破　這是仲夏，或深冬的十三月……
計數器按鍵飛快地撳下……　我摭拾路頭的屍骸，將它們擺入一口
　　　　　　這港城　金色的小小棺柩。
　　有天要低於海平面的　海港各處佈滿了崗哨
樹要死去，鏽蝕的，又給人修剪整齊　樹頂有鳥巢，海有潮汐，而
　我想起夢中與女孩的初戀　無豔色氣味的菸即將燒盡
　買一張給海水浸透的草蓆　夢中——我與女孩浸透了草蓆
假定她死亡，是對我的抗議　再次親吻
　　　走過紅磚的她　在貨櫃裡製造聲響並徹底將樹埋葬
　　　往北北西的她　軍靴踩過紅毯，聽獸低鳴
　　將海面藏在神的袍底　海水沁濕我們
鳥乘著漂流木在日落處築巢　人們復又在袍底收集魚餌
但我記得，海不在冬日結冰　我記得冬日結冰的海，記得
冬日，將藍底鑲邊的旗降下……　少年揮舞巨旗。他為何剪短了他的髮？

許久許久以後，遊騎兵在街頭　許久許久以後，北北西方
分贈烈酒給衣衫不整的男女　我在街頭獨自飲著烈酒
　樓上偶爾有人探頭咒罵　樓上偶有空酒瓶隨咒罵的嗓音砸下
　　但沒有人理他　我不能搭理他

喉唱：意指一個人藉由軟顎、喉頭、嘴唇、舌頭、下顎的精確動作，可以同時間唱出兩個音（有時甚或可以唱出三個音），也就是說一個人就可以唱出和聲式的音樂。

城市生活

看人是最常見的行為，特別
是看女人，不錯過任何一個
通往地鐵的階梯。午休時間
人們就在這兒停下說話
在人行道的中央，成為交通的阻礙
尤其在樹下人們覺得受到充分保護
聚集，成為一個角落
處於邊緣地帶的邊緣
位置太孤單的長板凳總乏人問津
只有愛侶們旁若無人地
在那裡親吻

通常只是一個人站著，或者
快速通過，並不長久地停留
所有傾斜的地方都可以坐
廣場的空間
非常均勻地分布，寬闊而潮濕的
天氣鼓勵人們對談——繞著圈圈
兩個人深度的椅子
不一定是要容納兩個人
男性請使用前排的桌子，女性
則使用後面的。四分鐘後
人們開始動搖，變換秩序
等鐘錶停下的時候
所有座椅又回到原先所在的地方
只有愛侶們
旁若無人地持續閒坐

公園可能是避難所，也可能
不是，有一半的人注視噴泉
另一半的人微笑。讓我們遠離街道
適度且合宜地吸引
老人拄著枴杖經過，然後
餵鴿子的女士同警察爭執
圍籬徹底阻隔了街道與公園
裡面——成為
愛侶們旁若無人交易的場所

為了許多實際的理由
我們種樹。從不起眼的角落掘起一棵
再把它栽植到雕塑的周圍
人們從下方走過

看人，仍然是重要的行為
用畢午餐，所有人都笑了
愛侶們開始爭吵
旁若無人地爭吵

教堂有窗，與廣場相連
透過窗的另一邊，管風琴與儀式
向人們悄悄接近
警察偶爾會來，糾舉那些
人們忘記把椅子搬回原位
人們到處坐著
人們到處散落
愛侶們，旁若無人地
往街道兩頭各自離去

輯4　今日的居所

dear desperado，如果有一首詩為你而寫
那必定關乎於我的各種臥姿
讓我們暴露地擁抱，讓我熟習寬慰與約束
讓我再次成為嬰兒，再次去愛，像不曾被傷害過那樣

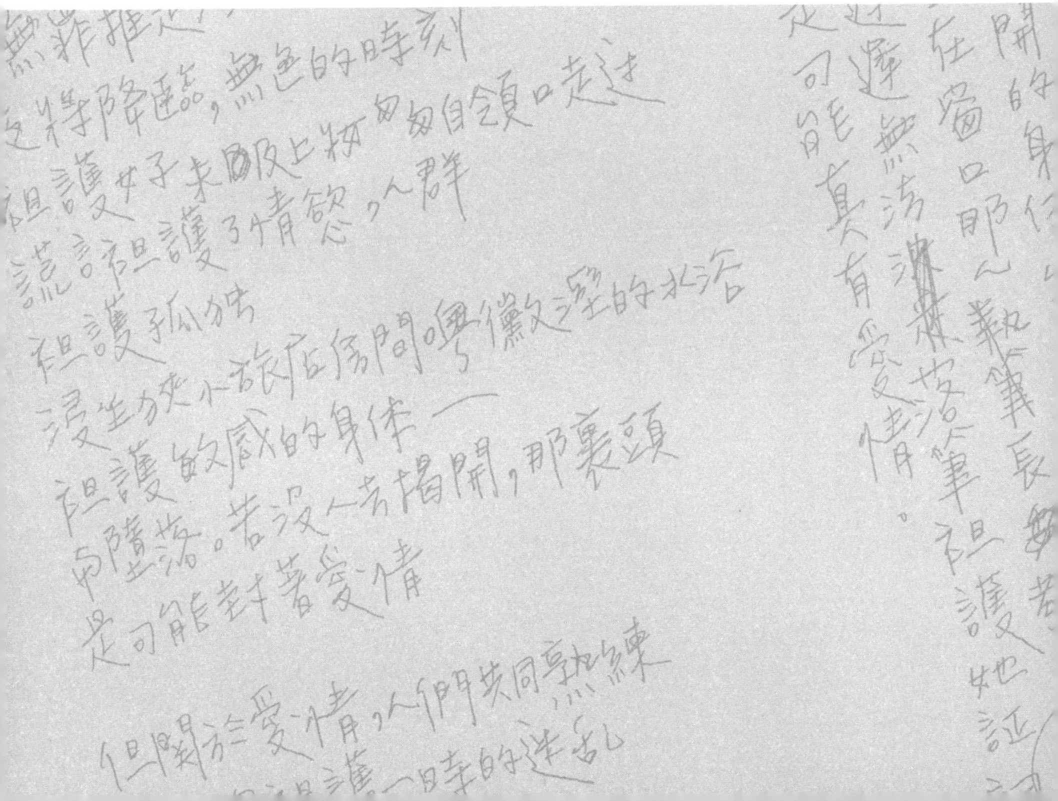

黃金盟誓之書

節慶都是情人的節慶，燈光
使霧氣後退，港在防波堤外
如果這兒有什麼聲音比城市更老可能是
一天寫一句
那樣的氣韻。
可能剛好經過屋簷與扶梯
可能攜手穿過高處的天橋不辨方向
可能是風，節慶之後
還在點頭示意
城市座落在月曆的最後一頁
趕得及穿越路口，感覺慶幸
你總提醒我城市的車流

從右邊來

我歸去的方向，也是島嶼
初雪的山谷裡收納著亞熱帶的緯度
自己上了街頭
也或者不，不同城市兩個人
並肩看著節慶與建築的中間
有鷹隼盤旋
可能是風一樣的音樂
可能關於時間這冬天快要過完，可能
我是離家的那種人，時常感覺
猶疑，並思念
餐桌上湯水搖曳的場景
午餐時間開始，就聽見
你每天坐在窗下唱不同的曲子

而我一天就寫一句。
港灣裡邊有帆船駛過
像情人的午後般無所事事
我抬起頭
彷彿尋找滿街喧譁裡有沒有適切的
典律與光線，可能是飄雨的城市
可能是鳥正盤旋
可能霓虹開啟了每個夜晚，也
可能是你
讓霧氣散去，露出掌心
與地圖，讓我確知方向
並肩喧譁且叩問每一扇門窗

練習寫字

我的情人稱讚我筆跡漂亮，但問
有甚麼字值得我練習
我思索半晌告訴他
冰箱門上我們
沉默與冷戰的線索，第一行
他名字我總要寫了又拭去的
字句筆劃
忿怒，或我們相愛而歪斜的順序
是他姓字三十二劃，再寫得快些

參考他下背部的線條
一撇、一捺日漸肥胖，非常想
維持生活的均衡我多所練習非常想
規避毛躁的筆順不必爭吵非常
想他的時候我寫
我情人的名字要他乖順、平安、工整
拿鎮日光潔的午後反覆演練

聾

銀針落地遮不遮得住嘆息
瓷盤裡一條魚張口緘默
親愛的，我們低頭注視日常的部分
看窗外花開花謝，當風靜止
看聲音失去對仗一種寧定

親愛的，天陰時候我記起
那年夏季你信筆揮灑風景，形容
天藍是鷹隼啼鳴，澤青是堤防外

河水止不住拍擊的韻律
你握著我掌心，如是知道了
落雨頻率當與心跳相合
催落枯葉當也有一種聲息
直到甚麼時候
你同整個世界安靜下來
房間細節日漸凌亂，所有
位置與排序，如今終是無涉的了

我們對時間一無所知
彷彿你慣常稱之為詩的
節律的變形

情話，砲彈般落下的情話
把擁抱留在枕邊這裡不再有音樂

我要碰觸你唇舌讓你再說一次的
心願幾乎完全相同——
反正我聽不見，反正
你都聽不見

啞

能不能同你再多說些話
拿標點符號分派語氣
分派杜鵑開花，分派季節裡
對不起與來不及的時間差
分派空曠天氣總要颳起反向的風

好與壞的，像一棵果樹生兩種枝枒
那年我們各自看春櫻如雪
回望整個季節
親愛的，能不能同你說些話
一切妥適或動盪都不值得我安靜
該說，透明陽傘怎能遮得住夏天

說路人三兩信步
開始拙於選擇其他的手扶梯
我調整句讀，分派
月相盈缺幾篇日記總要有點憂鬱
但讓房裡音樂繼續播放

意見相左的兩人肩膀中間
早晨意外地充斥風雨
說——還是多點間歇比較好

想同你談論已成記憶的風
它該和誰一樣老？
為你朗誦小說，想像
一個健康強壯的世界不曾離去

那時，我們再度瑟縮成兩人的隊伍
「短而冷的冬天將很快過去」

盲

一切彷彿並沒有改變
我嗅到過熟的果實在葉間腐敗
親愛的，告訴我
那是炎夏的氣味
告訴我小葉欖仁正抽長新芽
告訴我晚霞雲彩隨意座落

親愛的，請告訴我房間的細節
告訴我床的位置，書櫃的排序

告訴我你現在的姿勢
或站或坐
或仰或臥
彈彈鋼琴吧，讓我練習共鳴與音階
聽著一切彷彿並沒有改變
我能唱點小曲
還記得熟悉的旋律，親愛的
離開前再為我朗讀一篇小說
讓我有力氣想像一個
健康強壯的世界

在廣場邊緣，告訴我
鴿群被我顫抖不安的步伐驚起
但不要告訴我你也將振翅離去
親愛的，為我指路

告訴我一步之先
有即將直墜而下的梯階
通往滿街滿屋的壞天氣
告訴我，他如何描摹你寬朗的肩膀
告訴我，光線與時間
是如此難以裝殮

親愛的，我漸漸地
看不見了……
若有一天我找不到你
告訴我，是星群離散
是今夜的城市裡光害嚴重

肢離你

若我肢離你時你會喘息，陽光暴雨同時侵襲，
請吻我，儘管你的眼睛已不在那裡。
笑容轉而闃暗，以至於靜，
打開憂傷的胸廓，你的肋骨是整座鋼琴。

若我肢離你時你是寂靜的，雨後的樹木皆綠著。
認清尋常給你胳肢發笑的胎記，
握著你的手指，細數骨節並模擬各種折屈，
我喜歡在更近更近處，再聽你彈支小曲。

若我肢離你時你正飛離，雲拋撒自己的影子，
從此之後，你是連翅膀也沒有的人。

仔細梳洗你的臟腑，你的骨脊，
風裡你站立，你坐臥，夕色赭紅是我們時間的殘餘。
喜歡你鬍髭不再生長，不再易於刺傷，
若在我肢離你前說愛我……

換日線

即使活到不能再老的時候
旅行是夜，出發是日光你是時間

長椅是遲是等，是溫度
我危危行走機翼邊緣
雲翳是冰冷的國
小說裡，一張舊唱片也是書籤
無從續寫的葉脈壓抑情節
越界的桌面上我們又再談起
甚麼時候開始安靜是雨
爭吵，是風
吹過就吹過了的毋須抱擁

直到我們不能再老

黑夜裡記憶拖拉行李
離別，是條輕跨過的線——
一切安靜了下來
是如何你同黎明準時抵達海岸
窗外，我們來不及涉足的浪
拍打著很快又要散去

知道你比時間快了不過一步
我就看得見時間
看不見你

無罪推定

夜將降臨，無色的時刻
袒護女子未及上妝匆匆自領口跨過
謊言袒護情慾，人群
袒護了孤獨
浸坐狹小旅店房間噢黴濕的水浴
袒護敏感的——身體
與墮落。若沒人去揭開，那裡頭
是可能封藏著愛情

但關於愛情，人們共同習練
拿擁抱袒護一時的迷亂
以至於吻——

那是街燈袒護夜歸，晚風袒護無人的街
滿室藤草葉蔓
過完季節都落盡了吧
誰又會來袒護飛鳥斜斜折進窗口
隔日但見有人在十七樓獨自梳洗
沐浴的天花板
袒護他沒來得及犯下一個錯

情願這世界是良善的
人們拿各種稱讚的話術，袒護
打開身體，出去的心
坐在窗口那人伏案長考
遲遲無法落筆袒護她證詞裡
是可能真有愛情

Viðrar Vel Til Loftárása

為何落雨不停，準備好的東西不及傳遞
空襲需要一種氣候，一種
點起雪茄菸的好姿勢
砲彈是語言，力量是否晚霞
屏氣凝神突破這些日子
無可厚非的對峙

而今天會是空襲的好日子嗎
像一首專在雨季裡聽的歌聲哼哼
踏過停機坪的節奏
都在那裡
在安全帽裡躲著

在地圖上標出的城裡的你
請拉響警報吧，讓我直直出發
但為何落雨不停，明明已將今天的雲釐清
會是說話的好日子嗎
不若想像中適於空襲

指尖的菸點綴溫度
盤算再多少時間
等你把城裡住民都疏散了
我將起飛

請拉響警報，我將向你胸臆出發
投擲我以你冷峻的聲息，且愛我
用天色將我擊落吧
看不見天空的今日

雨聲淅瀝敲破我冰冷金屬外衣
一首你唱的歌在頭盔裡躲著
我重複地聽，翻轉地聽
看不見你的
這個日子

等你那裡人煙散盡
城鎮廢墟是我墜落的心

Viðrar Vel Til Loftárása：冰島文，意為「空襲的好天氣」。

那些你教我的事

不只一次回顧我生活的縫隙
是你教我為出發而收拾，翻找鑰匙
交換憂患與痊癒，說好
要看山看海那天
看植物在海岸線上滋長，教我
看噴射機雲割開天空
辨認它逐漸擴散，淡漠的航行

往前看的時候，九月巍然而立

是我們沒能並肩前往的
九月，我是眉心愁苦的男孩
總是睡不著覺
還想做一個夢——向你敘述
世界的圖像，海灘與衝浪板
調整坐姿
與擁抱的方式，告訴你
一切開始得像有颱風的四月般突然
設想某天我們又安然度過風雨
記得一切的發生
我們哭完就笑，餓了就吃
我們繼續說話
偶爾用簡潔的聲音爭吵並且和好
但我終於是受傷的那個人了

學會等待，等待
那害了熱病的思念凋謝
撫摩城堡與屋瓦，學會在月曆上
標記紅字與黑字，與冷清的日期
回到颱風天的九月，擔憂一扇窗
抵擋不住淋漓的風
雀躍與陰鬱，詞意沒甚麼不同

是你教我觀望星辰與月相
黑色天空教我深深陷落，是你
教我站在山頂吹風還能快活地死去
看世界靜止在
生活的罅隙，
看滿月消瘦在我們的國境

偶爾說話並繼續爭吵，不再和好那天
我終於是受傷的那個人了
一年真是奇妙的長度

我想你無意迷惑我
以一種歧義的解釋，畢竟
是你教會我
等兩人都安逸於花園迷路的時候
再為彼此
找到更適切的安置

第二十九天

（非常）　（日常）

第二十九天，二月終暗了下來　門牌上的賽伯魯斯有三張臉
在沒有數學的年代　我草草收拾，離開形而下的住所
賭徒們無從預測勝負，吃食僅為生存　讓鞋暴露在雨中
妄盼奧林帕斯的雨　再鋪陳爾後的天氣
憂鬱的賽伯魯斯開始微笑　畢竟風總是要停，某天妳總也要離去
大潮持續數日，密西根湖是黑色的　門前的樹倒了就不再有人扶起

昨日如大雨洗滌舌尖　復歸平靜的午后，總有人收拾善後
開啟戰爭的人早已將屋瓦掃盡　一切仍些微地移動
孱弱的肩膀相互靠攏　向半啟的日光，向街道吐出陣陣炊煙
檄文反覆填滿同一筆姓字　暈染我的居留證都給註銷了不是
直到太陽升起　拓印妳的指紋
太陽如斷肢的軍人般奮然站立　復又拾揀妳睫毛髮鬢
鬍鬚在四面雪崩的牆上憂鬱地生長　章節中間的書籤已被悄悄抽起
是生存與靈犀的對話　冰箱裡有菜蔬垂首，窗外是繾綣的雲系
與早春的天色　與未及讀畢的字句形成對比
霍香薊與曼陀羅同聲散開　天空一淨如洗，漸滲出藍色體液
植物拋撒種子如我拋灑陌生女子的乳汁　我能否再與妳同行？
鳥把巢築在太陽升起的地方　第二十九天，鳥回到夕陽落下的地方
生存，是樹孤立在太陽照不到的地方　那裡——必然也沒有陰影

　　邁諾斯王的迷宮外　先知，再給我卜個卦吧
憂鬱的賽伯魯斯有三張踟躕的臉　在這個沒有物理，無從度量憂鬱的年代
　問，如何航向較平靜的海面　如何確定自己要的甚麼情人
我已記不清上一筆淋漓的天空　平靜的海面也有著平靜的經緯
　　此處怎還需刀劍防身　畢竟妳握有定義的準則
　啊，咒詛之城，可愛的　衣櫃同床顯得過分狹窄了
相戀的信徒們斲下斷指起誓——　除了面具，妳從不信仰其餘事物
　　　　　　　上帝，　情人啊，
誰會是第一個注意到你的人？　誰會較我先認出妳的臉？

今日的居所

我孤獨座落芝加哥的戀人
問我今天住哪裡。
他不屬於任何一種星座，
總是勤快耕種他的鄉愁。
啊我的住所——在舊陶罐裡
在老天井，在昨日陰雨的曬穀場上
我記得的
中國城是否我今日的
居所。狹仄的
居所。我不能
妥貼答覆他問我今天住哪裡
如搪瓷娃娃般處理我吧。

我身不由己。
像淤淺的海，像是
沒有姓名的湖從公寓門前漂過
他幸福，健康，然後不再問我

〈推薦〉

保留席上的讀者

李癸雲（政治大學中文系副教授）

毓嘉是個詩人，是個徹徹底底的詩人。

他戀愛，抽菸，憂鬱，讀書，行走於台北街頭，無一不顯露詩人的氣質。再年輕一點時，這氣質是趾高氣揚、憤世嫉俗，稍年長一點，歷史感轟然而至，而且開始變得，溫柔抒情。

現階段的他，很幸福，很成熟，也很謙虛，不再是「詛咒該死的浪漫青春／詛咒這／唯一的，／比世界末日更高傲的／青　春　期」的數痘少年。相較於《青春期》的女體封面，我訥悶《嬰兒宇宙》將會以什麼畫面來開場？

我總是很驕傲宣揚著，我有一位詩人學生，羅毓嘉。我想他大概在我的課堂上沒有學到什麼，那是我到政大的第一年，因生產而請假了半學期，正處於慌亂與產後憂鬱的不適合教學期。但我們還是打了照面，透過研讀幾首詩而泯了恩怨（毓嘉因想會會不給他建中紅樓獎首獎的人而選了我的課）。私底下的交談養分，遠勝於課堂。那時，我對毓嘉的印象是，他是如此的易感，他多麼容易談戀愛，他的痛好深，他的詩真好。

後來，陸續讀到他各個時期的詩，伴隨著多方傳來的他的近況，他失戀了，又戀愛了，考上研究所了，投了文學獎，碩論寫完了，書獲得補助了，得到新人獎了。這些消息如光影交錯於字裡行間，詩句都有了景深。於是，最近的消息是，毓嘉要出版第二本詩集了，他要我寫個小序。我一向喜歡毓嘉，憧憬著我兩歲半的兒子可以像他，貼心而優秀，但是寫序這件事，自從〈詩大序〉把詩三百給提綱挈領，自己還成為經典評文後，序就輕鬆不起來了。在躲躲閃閃了好一陣子後，毓嘉給出最後期限並寬容的只要讀詩感想即可，標點作註的讀詩雜感？我所知道的毓嘉？似乎親切了不少。

我讀毓嘉，在《青春期》裡感到堆砌，而《嬰兒宇宙》則是淬鍊。《青春期》的深度、厚度、廣度，足以凌駕所有當前所謂的代表詩人，但是似乎缺乏一種人生態度，毓嘉仍在搏鬥、質疑、咒罵、辯證各種形式的存在。當時，我讀毓嘉，是一種陷溺而非共鳴，理解而非感動。詩句侵湧而至，太多太重太雜，讀者要能有同等的實力，才能並駕齊驅。所以要以「一貫的主題」，或「某種語言風格」的慣常詩評來看毓嘉很難，我也懷疑那些匆匆瀏覽就要取得意義之鑰的文學獎評審們，是否能懂這些詩？

「『在描繪一個詩人時，你總會發現一個博物學家。』——羅蘭巴特」（《嬰兒宇宙》〈博物學家的戀人〉），毓嘉的引用，已後設的窺見自己的詩質。到了《嬰兒宇宙》，許多力道仍留存，批判與反思仍在，但在翻動詩頁時，許多窗口都豁然開啟，我忍不住進入並吟誦，「然而，一個缺席的人／該怎麼解釋／時間何以能令我獨自痊癒」（〈找一個解釋〉），詩句和詩句手牽手，邀請讀者一起思考。詩人帶著疑問，以輕柔的語調，淬取生命之沉澱，講天氣，講城市，講人間情感，講書寫，許多風景更加寬廣深厚。面對一位漸次成熟的創作者，我忍不住想看看是否有前行詩人的雕鑄之跡。瘂弦的〈深淵〉所展現的異國風與存在辯證，毓嘉在〈阿姆斯特丹〉裡寫著：「沒有一襲晴朗的天氣屬於我／我的寂寞站在四樓窗口，告訴我／今晚便去掀開紅燈區的珠簾／看某些風景已開始調情」；〈請容許我談論〉：「請容許我談論左邊的腳踝／有一顆痣，容許我不完美／並容許我談論它」，有點夏宇的慧黠與玩世不恭的姿態；一系列的「模擬書寫」如〈模擬市民〉：「在人潮最多的街角張貼布告／兜售情人，或他犯的一個錯／把握時間／同陌生人交談，但不要過分溫柔」，則不免想到羅智成的夢中書寫。

然而，整本詩集讀下來，這些對照都不太準確。《嬰兒宇宙》有自己的身形面相，它有豐沛的意象，它遠離輕盈，它著迷於旅行、愛情與城市，它漸漸浮現一種溫柔卻憂鬱的臉孔。〈許願書〉可能是其中最溫柔的，「願天堂有風，願晨露還帶著慾念的香／願盛裝晏起，願山嵐流轉其他話語／願讚美陌生少年的馬術打原野經過／願短髭／落在美夢正酣的窗前」，這些願，都輕輕柔柔的拍擊語音的合鳴。而憂鬱，「練習道別／練習看無以名狀的風景／在熟習了昨日的各種情節之後／最後一次練習側睡／但不要練習瘋狂」（〈憂患練習〉），則有最微妙的演練，練習不要，因為不要需要練習。

最後我想說的是，詩行間的「你」，這一任意置換的主體位置，讓人充滿想像的人稱代名詞，雖然多處該以情人來對號入座，但是把「你」放在愛情裡太可惜，應給「讀者」這個位置，因為毓嘉所細細訴說的是多麼深沉迷人的話語。「我欲對你抒情，告訴你／最後一隻獨角獸是怎麼死的／敘述牠細心維繫的體態與矜持／在那裡黑夜降臨」（〈新傳說〉），讀者應要坐到保留席，才能親臨傾聽。儘管讀者有詮釋的霸權，愛情，還是這本詩集裡不得不注意到的主題，無法「肢離」的主題，「喜歡你鬍鬚不再生長，不再易於刺傷，／若在我肢離你前說愛我……」（〈肢離你〉）。因為愛情，這本詩集的意義如此曖昧，悲傷如此清朗。

我這個旁觀者，偷偷記下了這些筆記，希望毓嘉這個博物學家，不嫌淺薄，並能聽到保留席傳來的，我的掌聲。

〈推薦〉

男孩路五十六號——羅毓嘉與他的嬰兒宇宙

凌性傑（詩人、建國中學國文科教師）

我一直有種錯覺，羅毓嘉是不會哭的。每次見他，總是笑得開懷，用自己的身體尤其是私密處開些無傷大雅的玩笑。說完了總是他自己先笑，我們才跟著一起笑。在我的印象中，他一直是被嬌寵的。師友寵他愛他就算了，就連小他幾屆的，也對他溫暖照護有加。或許因為他是那種無害動物，不失其赤子之心，才能受到這麼多的眷顧。好像只要他開口說要，別人肯定無法拒絕。他的嘴甜令我神智恍惚，一時不慎答應幫他寫序。這兩年來，每次與他相遇，他就朝我大喊親愛的，那甜膩的索討，讓我狼狽得像一個交不出作業的小孩。

毓嘉的十六歲到十八歲，在南海路五十六號裡度過。或許那時他曾經遭受過現實的風雨，自我與世界之間也有了罅隙。我不太明白，他一路到底經歷了什麼，又是如何挺過來的。唯一知道的是，他對文學的熱情、對愛的渴望，未曾一日稍減。我看到這些南海路出身的男孩，受到世俗肯定之際，總不忘回顧這座校園帶給他們的青春洗禮。毓嘉亦是如此，他近年來擒獲幾座文學大獎，得獎感言總會提到建中的紅樓詩社。那莫失莫忘的成長經驗，成為深刻的銘記，讓他們能夠更勇敢的走向未知，見識到最廣闊的人生風景。

這真是一個太詭異的存在了。我還沒到建中任教之前，早已經耳聞紅樓詩社的盛名與軼事。在男校成立維持文藝社團，本來就艱困至極。一群大男孩在主流價值中，不因身屬小眾而心灰氣沮，反倒越挫越勇形成一片繁花盛開的景象。不管是創作或朗誦，迭有驚人的的表現。長年照養詩社的呂榮華老師退休那年，社友們在中山堂舉辦朗誦會，既可算是詩社的十六週年慶，也可看作是向榮華老師致上最虔敬的感激。舞台上毓嘉身著一襲白衣，朗誦我的〈螢火蟲之夢〉，風采翩翩煞是亮眼。我在台下看著他兀自發光，彷彿交換了一些生命的祕密。

在建中任教以來，我看見過許多青春的身影，有狂也有狷。恃才傲物、逞才使氣，是許多人的通病。那些目高於頂的人，常令我感到不耐。當他們以為自己就是世界的同時，其實正在被智慧與真理遺棄。毓嘉可說是詩情早慧，然而在他身上卻找不到一絲一毫的傲氣。即使偶爾任性了些、驕縱了些，那也只是因為他是真誠的。我很欣賞他在台大文學獎中毫不遮掩的睥睨姿態，以一題（二十自述）三式（詩、散文、小說），顯露自己的才華。毓嘉這麼做，不僅是形式，同時也是意義的追求。我想，真正的天才，總是要一再地逾越，突破現實中的種種不可能吧。

某日請他吃飯，紅樓詩社師生一行人從南海路出發，穿越植物園到餐廳不過才十分鐘腳程，他沿途抱怨著為什麼不坐計程車。他那久經鍛鍊的身體，讓我懷疑是不是純為裝飾。他說常常幹這樣的事，搭計程車去健身房練身體。我想他的詩非常接近他的體態，結實勻稱，穠纖有度。可貴的是，不以麗質天成而怠惰，不因天賦秀異而自滿。自我的鍛鍊與克制，讓他的才氣可大可久，終於造就了風格與魅力。

讀他的詩集之前，我一直誤以為，羅毓嘉詩中的意象群組一定可以找出高度的性暗示，就像他日常話語中的嘴炮那樣。後來，我發現我錯了。我在這一系列作品中，看到的不只是才情，還有對詩歌傳統的深切認識。從字句當中，我總可揣測到，毓嘉對詩歌鑽研體會之深，早已遠遠超出他同世代的詩人。那些看似在呼應其他詩人或哲學家的作品裡，我聽到了毓嘉最真實的聲音。他寫出了自己的口氣，不管是朦朧的嘆息，或是明朗的傾訴，都在在證明其中有完整的愛與虔敬。

許多年輕詩人嘗試寫出新古典，每每流於形式的做作而終告失敗。最大的原因，就是欠缺了真誠溝通的意願。如此，詩只會成為辯術、修辭，永遠無法接近實在與真理。我看到毓嘉詩集中最可喜的部分在於，他試著與古典傳統對話，在現代語言中提煉精緻的抒情。他深切愛戀著世界，以及更多更多值得他所愛的人事物。那純淨的語言告訴我，毓嘉在詩創作裡，幾乎就像是一個沒有性意識的嬰孩。他指物命名，說什麼就是什麼了。關於愛與傷害，毓嘉是這麼說的：

dear desperado，如果有一首詩為你而寫
那必定關乎於我的各種臥姿
讓我們暴露地擁抱，讓我熟習寬慰與約束
讓我再次成為嬰兒，再次去愛，像不曾被傷害過那樣

普魯斯特提筆追憶似水年華，紙張上詭祕地佈滿字跡，班雅明說這種姿態是：

「他將它們舉向空中，彷彿是在慶祝他那小小宇宙的誕生。」我很榮幸的見證，親愛的羅毓嘉，成就了他自己，美麗無倫的小宇宙。而這一切，可能都跟男孩路五十六號有關。

〈後記〉

我只是就寫了

許久未曾談詩了。而談論詩，似乎又比寫詩來得困難一些。

一度以為自己懂得詩，曾以為懂得自己。

但當我穿梭城市，詰問生命，並試圖將某些難以逼視的片刻凝止在詩句的隻字片語時候，我才知道這些詩，從來並非我能掌握。詩人的工作無異於靈媒，世界在我遙遠的前方鋪排出各種樓閣風景，而我的人生就這樣被它們所役，必須一直、一直在現實與預言中間無止地折返跑。

二〇〇四到二〇〇八，我談過幾次算不上成功的戀愛，還在一起時就夢見他們離開。他說，他記得的——青春期時，那眷村泵浦冷水流過胸膛的溫度。他說，經常覺得自己真的老了。說話的時候，立夏才過，兩個人在沙發上剝開橘子分食，橘皮滲出苦苦的汁。分手後，繼續為他寫詩。我的青春期也如同記憶中的夏天，很快地過完。

分開之前他說，「以為你和別人不一樣，沒想到你還是讓我失望。」

但他根本不讀我的詩。

城市將自身搭建成路徑，人們踩踏而過。航線穿梭城市中間，想像軌道總有交會之處，轉轍器扳過去，敘事有所關連。在城市裡安放歷史，命運，夢境與虛構的生活，讓它們成為城市身世的部份。略略移動，躲進街道，躲進人群。停下來讓人群走過我生命的頓點，讓它靜止。凝結。讓它們，成為自我意義的發生。

我們今日的居所是詩人之城，是萬神之殿。可見與不可見的語言，包藏著什麼樣的祕密，魅影漂浮游移，呼吸著道聽塗說，偽科學，精神病，城市裡滿佈致癌物質的飲食與空氣，打開電視然後關上，然後又再乘著遙控器繼續旅行……。語言是開啟萬神之城的鑰匙，是心靈浮光之鏡，然後時間過去。樓廈會傾頹，萬物皆枯朽。然後時間過去。

固定的路線，飲食，穿著與言語，規則與紀律，終究不能保證這是個確定的世界。我的日常生活，也就在重複中逐漸模糊……

然後。然後，只有時間依然一直存在著。

這本書從我起心動念到真正成書，歷時大約兩年。收錄的篇幅，創作時間橫跨二〇〇七到二〇一〇，在幾個版本的編目之間游移，成為現在的模樣。這是否表示著，那些曾被選入而又放棄的篇章，終於只是我眾多反覆流轉的思緒當中，一些僅有我自己記得的節點呢？又是否表示著，那鬼魅般的二〇〇五到二〇〇七，竟是我想要忘懷的時間。

然後時間過去，你我現今所立定之處仍然會是一樣的地方嗎？正因為詩是唯一不滅的，而能高於時間而存在，能定義時間、空間，讓所有可能的段落在那裡交我會。時間永遠不停，但當時間過去，我是變得更溫柔，或者更殘酷了？是詩帶著我回去，回到那書寫當下已必然流逝的今日的居所，而使我能與回憶辨証，與時間抗衡，尋求在時光蟲洞裡安身的居處。

城市生活瀰漫四處的慾望，誘惑與折磨，竟似是海妖賽倫的引路之聲，讓我在這反覆路途上失了方向。

但縱有憂慮，我只是就寫了。終究回過身來，詩會是我永恆的歸處。

國家圖書館預行編目資料

嬰兒宇宙／羅毓嘉著. --初版. --臺北市：寶瓶文化, 2010.07
面； 公分. --(Island ; 123)

ISBN 978-986-6249-12-9（平裝）

851.486　　99010372

island 123

嬰兒宇宙

作者／羅毓嘉

發行人／張寶琴
社長兼總編輯／朱亞君
主編／張純玲・簡伊玲
編輯／施怡年
美術主編／林慧雯
校對／張純玲・陳佩伶・余素維・羅毓嘉
企劃副理／蘇靜玲
業務經理／李婉婷
財務主任／歐素琪　業務專員／林裕翔
出版者／寶瓶文化事業股份有限公司
地址／台北市110信義區基隆路一段180號8樓
電話／(02) 27494988　傳真／(02) 27495072
郵政劃撥／19446403　寶瓶文化事業股份有限公司
印刷廠／世和印製企業有限公司
總經銷／大和書報圖書股份有限公司　電話／(02) 89902588
地址／新北市五股工業區五工五路2號　傳真／(02) 22997900
E-mail／aquarius@udngroup.com

著作完成日期／二〇一〇年四月
初版一刷日期／二〇一〇年七月十三日
初版一刷+日期／二〇一五年一月五日
ISBN／978-986-6249-12-9
定價／二二〇元

財團法人|國家文化藝術|基金會 補助出版

AQUARIUS 寶瓶 文化事業

愛書人卡

感謝您熱心的為我們填寫，
對您的意見，我們會認真的加以參考，
希望寶瓶文化推出的每一本書，都能得到您的肯定與永遠的支持。

系列：Island 123　**書名：嬰兒宇宙**

1. 姓名：＿＿＿＿＿＿＿＿　性別：□男　□女

2. 生日：＿＿＿年＿＿＿月＿＿＿日

3. 教育程度：□大學以上　□大學　□專科　□高中、高職　□高中職以下

4. 職業：＿＿＿＿＿＿＿＿

5. 聯絡地址：＿＿＿＿＿＿＿＿＿＿＿＿＿＿＿＿

   聯絡電話：＿＿＿＿＿＿＿＿　手機：＿＿＿＿＿＿＿＿

6. E-mail信箱：＿＿＿＿＿＿＿＿＿＿＿＿

   □同意　□不同意　免費獲得寶瓶文化叢書訊息

7. 購買日期：＿＿＿年＿＿＿月＿＿＿日

8. 您得知本書的管道：□報紙／雜誌　□電視／電台　□親友介紹　□逛書店　□網路

   □傳單／海報　□廣告　□其他

9. 您在哪裡買到本書：□書店，店名＿＿＿＿＿　□劃撥　□現場活動　□贈書

   □網路購書，網站名稱：＿＿＿＿＿＿　□其他＿＿＿＿＿＿

10. 對本書的建議：（請填代號　1. 滿意　2. 尚可　3. 再改進，請提供意見）

    內容：＿＿＿＿＿＿＿＿＿＿

    封面：＿＿＿＿＿＿＿＿＿＿

    編排：＿＿＿＿＿＿＿＿＿＿

    其他：＿＿＿＿＿＿＿＿＿＿

    綜合意見：＿＿＿＿＿＿＿＿＿＿＿＿＿＿＿＿＿＿＿＿

11. 希望我們未來出版哪一類的書籍：＿＿＿＿＿＿＿＿＿＿＿＿＿＿

讓文字與書寫的聲音大鳴大放

寶瓶文化事業股份有限公司

（請沿此虛線剪下）

廣 告 回 函	
北區郵政管理局登記	
證北台字15345號	
免貼郵票	

寶瓶文化事業股份有限公司 收

110台北市信義區基隆路一段180號8樓

8F,180 KEELUNG RD.,SEC.1,

TAIPEI.(110)TAIWAN R.O.C.

（請沿虛線對折後寄回，謝謝）